当代诗人自选诗

这一天已来临

邹小雅——著

图书在版编目（CIP）数据

这一天已来临 / 邹小雅著 . —— 北京：中国书籍出版社，2019.4（2024.4重印）
ISBN 978-7-5068-7282-9

Ⅰ . ①这… Ⅱ . ①邹… Ⅲ . ①诗集—中国—当代 Ⅳ . ① I227

中国版本图书馆 CIP 数据核字（2019）第 080193 号

这一天已来临

邹小雅　著

图书策划	成晓春　崔付建
责任编辑	邹　浩
责任印制	孙马飞　马　芝
出版发行	中国书籍出版社
地　　址	北京市丰台区三路居路 97 号（邮编：100073）
电　　话	（010）52257143（总编室）（010）52257140（发行部）
电子邮箱	eo@chinabp.com.cn
经　　销	全国新华书店
印　　刷	三河市华东印刷有限公司
开　　本	880 毫米 ×1230 毫米　1/32
字　　数	75 千字
印　　张	5.5
版　　次	2019 年 7 月第 1 版　2024 年 4 月第 2 次印刷
书　　号	ISBN 978-7-5068-7282-9
定　　价	58.00 元

版权所有　翻印必究

自 序

十年，我不知道十年对于一个人的一生有什么样的意义？

之于我，这十年或许因了诗，人生就有了质的变化。

十年前的我，开始写诗，这一路走来，也是跌跌撞撞，风风雨雨。

十年，我读诗，我写诗，我编诗……

十年，通过诗歌，照见了相同灵魂的人……

出这个集子，或许是对自己十年写诗的总结，又或许是对自己人生的一个小结吧。

稍作整理，原来这十年也写了不少的诗，一首诗，或许是一段经历，或许是一个故事，或许是当时对于生命的一些思索？尽管有些我已记不起。

感谢诗歌，感谢这十多年来，朋友们或远或近地不离不弃。

目录 / Contents

001　自　序

家　乡

002　这一天已来临
004　你说哦
005　乡　下
007　小桃仁
009　晨
011　坐在父亲的小船上
012　父　亲
014　一担麦子
015　盼　归
016　来访者
017　庭　院
020　沉　船

021 在脱粒场

022 生　日

023 挑荠菜

024 雨

025 田野（一）

026 田野（二）

027 鸽群在飞

028 寻

029 理　由

030 窗台上的鸽子

031 雨　蛙

032 菜园子

034 关于春天

035 警报声声

036 青蛙呱的一声

037 果果问

038 鸟　儿

040 一地阳光

042 花　殇

043 陆家河岸

远　方

048 香格里拉

049 太仆寺旗的夜

050　连云港老街

052　火车上的小女孩

054　樱花落

055　樱花雨

056　周庄寻梦

059　山对面

061　去富阳吧

063　在乌拉盖

064　浑善达克沙地的灌木丛

065　一个人

066　在贝子庙前的台阶上

067　玉龙雪山上

068　大理古城

069　丽江留影

071　虞山北路

072　观泉堂听琴

073　秦坡涧

074　柳絮飞

075　飞　叶

076　空心潭边

078　后禅院的老和尚

080　立春日，与诸友游兴福寺

081　我回来了

小　雅

084　向日葵

086　说起童年

088　你的履历

090　怀孕的季节

091　月色下的蛙鸣

093　拔牙手术

095　阴　影

097　居　所

098　冬　夜

100　小　寒

102　大　寒

104　这里有许多的安静

106　诗歌中的女子

108　春已来临

110　离

111　游　魂

112　那是什么地方

113　错　误

114　梦

115　砧板上的鲶鱼

116　小　镇

117　蛇　语

118　缺　口

120　等

121　哭　丧

123　梦

124　月光光

125　素　描

126　动物园里的女人

128　烟。女人

130　一月，大雪中行走

132　二　月

133　三月，某个夜晚走过麦田

134　四　月

135　五　月

136　那双眼睛

137　红，她是梅

138　十六公里之外

139　月亮真圆

141　有　感

142　疼

144　昨　夜

145　私　奔

146　代课老师

148　友人寄语

家 乡

那个叫陆家河岸的地方,
有我的亲人,还有你们

这一天已来临

宝贝，这一整天，我们都在等你
随着阵阵呻吟和胎音
你，在阵痛里缓慢地靠近
看见了吗？
你妈妈坐立不安，以及紧握的双手
她已用尽了全身的力气
今夜我们的话题都是关于你
你的聪明以及任性
现在，时间从农历二十四跳到了农历二十五的凌晨
我们都在等你
迎接你的宫门已开启
踏雪而来的你，可有闻到梅的清香
土地，种子，森林，山脉，离你越来越近
二十六年前，漫天飞雪里迎来你的父亲
同样的季节
不同的是，你离春天更近

那抚爱的眼神

那伸出的双手

哦，宝贝，快来

已闻到了你身上梅的馨香

2018.2.10，凌晨

你说哦

宝贝你三个月
我读诗时,你牙牙学语地应和
你尖起了小嘴巴
挥舞着小拳头
仿佛已听懂了诗里的全部内容
接下来,你挥舞着双臂和双脚
那是在读你自己的诗
一首最美的诗
诗中的主角一定是你
读到忘情处
你拉起了我的头发,生怕我漏听了你诗里的内容
我说我们去大自然吧
你说哦,哦哦哦

2018.6.6

乡 下

宝贝十个月,这是你第二次住回乡下的老屋
睁大眼睛你四处张望着
小狗在你的眼前摇着尾巴,它在朝你作揖
你的奶奶抱起了你,把你放在了床上
你的周围堆满了书籍,那是你最好的玩具
在一本红楼梦的书吸引了你的注意后
其他的书只能把脸朝向了窗外
你的手指尖轻轻地触摸在书的凹印处
昨晚你的到来老屋有了无限的生机
现在已是清晨了,宝贝,你知道吗?
现在,太阳能热水器里的水还有一些温度
收割机突突突割掉了仅有的几亩稻子
老房子吸足了所有清新的空气向你拥来
它的口中都是新割的柴草的气息
电线杆上一群群麻雀在叽叽喳喳地叫
鸽子咕咕咕飞上了屋顶

你已不再害怕鸡鸭,你在朝它们微笑
树枝间还有一些橘子,那都是留给你的
你的老爷爷给了你一块糕
你的老太太给你煮了鸡蛋
说起将来的事,你咿咿呀呀地表示赞同
宝贝,你的航程已经开始
而你所有的亲人都将在老屋为你送行

          2018.12.4

小桃仁

当还是婴孩时
你会挥着手盼着大姐姐的归来
等着她给你带回桃子

十四个月时,你又成了另一个家的女儿
茅草屋下,玫瑰花从里
一次次,你用长竹竿敲打着偷吃桃子的小男孩
他却一次次地不离开
直到桃树被砍下

二十六年前,一个孩子来临时
后院的桃花已开得繁盛

现在,另一个孩子降临了
你看,她澄澈的眼睛
她的哭声,她丰富的面部表情

你已变得不顾一切

那是你的未来,你的小桃仁

2018.3.28

晨

鸟儿已在窗外歌唱
你睁开了双眼,四处张望着
而我的目光正停留在
废墟上唱歌的叙利亚盲童身上
那里的炮火已经打响
人们一瞬间失去了自己的家园

宝贝,你在朝我微笑
人间一下布满了七彩的光芒
打开窗,让清新的空气进来
这时,一个红衣男子,一条狗,正快速地走过你的窗前
他,从霞光中
从布满了紫云英和野雏菊的小道上来

哦,宝贝,你来人间已是六十五个时日
第一次有了自己的小床

你睡得那样地安稳
愿爱和自由伴你一生

在四月,在春天,在这样的一个早晨

2018.2.17

坐在父亲的小船上

整个下午，你都坐在小船上
蝉儿实在吵得厉害，他们一刻不停
中间夹杂着鸟鸣
鱼在水下潜游，吐出一圈圈的波纹

云彩悄无声息，在水面上漂浮
你在船上等待日落
蜻蜓多起来了，似乎在讨论着昨晚的天气
母鸡仰脖，从河里吸水

"要小心，掉进了河无人来救你"
声音由远及近
父亲来了，坐在了一截老枯树上
他拍拍枯枝，嗖嗖几声
一条青蛇钻了出来，游向对岸

2016.8.8

父 亲

把烟掐灭,站起身
在装满淤泥的缸里种上了荷
你笑,你腰直挺挺
依旧是,生起气来九头牛也拉不回

你是独子,十八岁上服的兵役
震坏的耳朵,听力还在下降
收去了退休证,你只是默默地叹气
现在的你,只愿看好你的庭院,护着你的花
养几只鸽,打几尾鱼

你写一手好字
做过会计,电焊工。会泥工和木工
亲手打造的小铁船,还停在河边
你拉胡琴,你吹笛,你唱九九艳阳天
说柳堡的故事

小女孩常会问,后来怎样,后来他们会怎样
可你没回答,始终没有回答

2015.4.28

一担麦子

他挑着担子迈过了门槛
步子有些晃动
同时进去的，还有
七十五个年轮，未熟透的麦子
再也等不来的好收成

他把皱纹，白发全都聚拢来
轻轻倒在了晒场上
"种田不着一年，讨老婆不着一世"
望着他的田地，轻叹了口气
这一年他丢失了好手艺
也丢开了他的田地

2014.5.31

盼 归

麦子已熟透,路的前方
是枇杷树下的老头,目光所及的方向
埋怨伴着落日慢慢下沉
他开始在屋前房后不停地走动
怎会有这种人,一天到晚不着家

小狗撒欢时,他装作看不见
一声不响离开
老太放下手里的艾叶
看着锅里的饭菜,开始抱怨
懒东西,中午不知吃的啥

他们相互数落,相互挂念
一晃就这么多年

2014.5.31

来访者

七十五岁的老父亲，耳有点背
八十五岁的来访者，还能骑车上街
隔着长凳，他们大声地交谈
开始时是各说各的
说养老金，以及子女的孝心
还说起麦子的收成
后来，他们说到了同一个梦
真是奇怪呀
梦得最多的还是记忆里的村庄
以及童年的小伙伴
一个个细细数来
先他们而去的，说了一大堆
尚在人间的，扳着指头，半天，也没数出几个

2014.5.22

庭 院

一

狗站在羊圈前
它是羊的玩伴
常常,也会被一条链子锁住
它从不抱怨
向陌生人狂啸,向主人鞠躬
它很本分

二

猫四处逃窜
它们,已吃掉了三只鸽子
犯下了如此的错误
它们纷纷躲避着
惩罚

三

鸽不断地打翻酱油瓶
门已紧锁
它们无孔不入
它们已不再怕人
他们的体内缺少盐分

四

它们彼此开花
却互不相认
桔香飘过
榴便红了半边池塘
它们都会繁盛
开花，结果

五

他用颤抖的手
一遍又一遍
补织被咬破的网
将自己的年轮

一遍遍织入

六

她正将艾叶上的浮萍抹去
雨正随着凉帽下垂
她不躲避
想起明天集市上的好价
她在笑

七

他嘲笑她的缺牙
她又嘲笑他的耳背
相扶起的手
六十九岁的她,拥有一头乌黑的发
那里,充盈着坚实和果敢
七十三岁的他,有一副完好的牙
就像他的一生,刚硬和顽强
一些衰老的记忆
他们已经把一些故事写了又续,续了又写

2012.6.25

沉 船

潮水退去
小船已显露,刚做完手术的他
一遍一遍,在小河边徘徊
河中央有他的渔网
网里,一些不明生物在跳动
也许是一只乌龟,也可能是一只牛蛙
他和它们的距离只是一步之遥
但他没办法接近他们
他想重新打造一只小船
又想打捞沉船
可现在他什么也做不了
只能拄着拐杖,一遍又一遍在小河边徘徊
就像他无法控制日益消瘦的身体
以及莫名的情绪
而他周围的景物没有改变

2018.9.18

在脱粒场

丰满的谷物从你面前跌落
柴草的幽香爬满鼻尖
红砖墙院落，橘树张扬着的手臂开始下垂
河湾里芦花飞扬，三根垂下的线把电
传回地面。两位老人正解开谷子
又把一堆堆柴草扎紧
忙碌的身影，掩不住你眼中的贪婪
你用余光扫描这些场景
惊恐眼前这一切的消逝
连同身边这两位老人

2012.12.2

生　日

你在织网，仿佛把所有的日子都织了进去
叶子溢出头顶的绿，空气中拥挤着泥土气息
春天的盎然你未曾留意
喊你吃面时
你积攒了七十年的皱纹开始舒展
浑浊眼神中，一丝光的闪现
你说，从前的人没过生日
他们也过得很好
说完，你转过头去

2011.4.17

挑荠菜

那个下午
你们叫开了葡萄园的大门
你用力蹲下身子,视线与鸡窝平行
枯叶间,你发现星星点点的野菜
站起身,你大声呼喊母亲
怕她脱离你的视线。像儿时她在村口唤你回家
这样的一个下午,你的身边,有窨井和黑洞
河对岸有芦苇,还有一两声婉转的鸟鸣
以及被铁链拴住不停咆哮的大狗
你和你的母亲,遍寻田埂的野菜
桃园下,找寻童年的印记
时不时抬起,偶尔的一两声互唤
野菜的香味,便飘了过来

2017.3.12

雨

雨从屋檐下
晃成圈又归于沉寂
雨丝的另一边,小雏菊钻出了土
柿子已红透,母亲蒸上了玉米
姑母前几天也来过
父亲正编织他的渔网,他的船还停在老地方
河里的水草又多了
我的祖母,从未见过面的祖母
正在找寻她的陪嫁品,一只掉了漆的樟木箱
老屋还留下了一间平房
那是一间老式的平房
鸽子常停在屋顶上
雨呵,滴成了线
落到了我祖父曾耕种过的土地上

2017.10.18

田野（一）

置身于你的体内
闻你成熟的气息

阡陌里一朵朵加工影子的野花
空气中一个个吮吸汗水的背影

我不干预
也不再计算任何失落

稻叶的碎片
爱抚着田野

懵懂的少年赤足走过的梦
那飘走的云
还会不会飘向你

2010.11.13

田野(二)

田野,我的田野!
每次走进,你便以不同的姿态
塑造着不同的我
在你怀里
我是浮云,是沙尘,是你的谷物
是始终蕴藉的能量

你的教诲你的赐予
像轰然燃烧的柴火
我等待着苍穹的基石慢慢下沉
告诉我,我的田野!
如何能获得支撑的力量

在我终老的那天
谁为我鼓盆而歌

2010.11.13

鸽群在飞

他们在吹哨,他们是一群
鸟,会对你微笑
他们真地不嘀咕了
他们一飞冲天,仿佛带走了我的怨气

他们在吹哨,他们在笑话我
夏天了,衣服减得不能再少
他们真地不吵闹了
他们一只只在天空中分散。他已离去
门还和我在一起

2011.6.3

寻

一粒鸟屎已从空中滴落
一切都还是静默的
田埂,沟渠……
抽芽的柳条。还想说什么
也许是肥沃的土地
也许是溆水
一些新生的草类
隐匿了人间的荒碑

2011.3.6

理 由

你一定能找出
在乡间生活的理由
南风会争先恐后涌进你的房
当然，还有不速之客的闯入
如一只癞蛤蟆
最主要的是鸟语，青草地中夹杂的
淤泥气息
鸽们时而高飞，时而抖擞翅膀
它们常会停在屋顶瞭望
趁你不注意，一个俯冲便进了家门
盐缸是他们的方向，偶尔也会打翻酱油瓶
居住在乡间，到处有绿色生长
一些物体的堆积，一些力量
这是让人安逸。不过，空气潮湿
不适合风湿和花粉鼻病人久居

2011.5.10

窗台上的鸽子

雨。树梢摆动
鸽们举着灰黑色的羽
拍打着我的窗
一只,二只,三只……
它们时而振翅,时而啄羽打斗
咕咕咕叫着。远方的电话响起时
鸽已剩下了俩。窗前
三个等车的女子
相继离去
窗台上的鸽子,此刻安静,祥和
他们向北
遥望暮色渐浓的天空
像远古的化石,更像雕塑
窗台上的微光,一点点
消逝。他们的身影被黑暗吞没

2012.2.14

雨　蛙

现在，耳膜已被包围
无处可逃了
枝折，叶翠。雨，铺天盖地的落
水涨，小船跑上了岸
鸟儿早不知了去向
把田灌满，让蛙鸣和着水波滑行
蛙们踮起脚尖，鼓足腮帮
欢歌只是这时节
此刻，它们正数着节拍
横笛夜幕下
不是老情歌，它们不唱忧伤的曲
不扰乱别人的思绪
这自然的交响。哦，生活的天籁
你必须凝神静听

2011.6.19

菜园子

如果,面对枯燥的题
不能够做到专心。那就干脆
开开小差吧!
刚出西屋又推东门
随了蛙声又向蝉鸣
雾气正向四处消散
你当然可以去藐视一只蚊子的低吟
看,它已成手中的一摊血渍
轻轻推开额际的发
深居其内的菜园子
爬满架的黄瓜,个儿都不小
他们正虎视眈眈
青椒,西红柿,小径上不知名的杂草
一块荒地。一个播种计划已在实施
沿小径。拔掉杂草
播一些种子

从一条不知名的河内
不久，种子会生长
小径上也将开满鲜花
一些记忆将会珍藏

2011.7.14

关于春天

说波妞喜欢宗介,说
爬竹竿时磨破的手掌皮
说你想骑着白马从云层中过

警报声声

警报响起
孩子们丢下玩具
集合撤离蹲下
有人在抽泣

男孩猛然站起
面向同伴喊道
你们！要为我报仇！

十一月十九日
若干年前
日军进入常熟

2010.11.19

青蛙呱的一声

知道吗？青蛙呱的一声，天就要下雨
不是这样的！你还是听我说
乌云把太阳遮住了，天才会下雨
不对不对！你们说的都是表面现象
没有云，天空就不可能存在

六月，那个上午
思想家们仍在激烈讨论
他们的问题没有答案
只有诗意的存在

2009.6.17

果果问

你是幼儿园老师？
六岁的果果很是怀疑
你为什么这么老
我们都会老
果果将来也会老
玩具会老么
牛羊会老么
还有这些云彩
果果用手指向天空时
一朵云正向南方飘去
会的，都会的
果果看了看你
先是慢慢，而又飞快地
从你身边跑开了

2015.7.20

鸟 儿

周围很安静
孩子们已入睡,你也有了睡意
此时,一只鸟儿
一只不知名的鸟儿开始鸣叫

一枚小小的蛋躲在了枝桠间
就在刚才,孩子们惊慌了
蛋怎么长在了树上

鸟儿还在叫,孤零零的在树上

你说想生一堆孩子
男孩像你,女孩也像你

或许,这一切都不是真的

没有孩子,没有你
只有鸟儿在树上叫

2016.2.26

一地阳光

她们还在
棉被已被裹上了袋子
静静躺在了走廊的中央
我追了上去
我的指间,夹着一只硕大的记号笔
"想想,是否有东西遗忘……"
借口!这其实就是一个借口!

"若不是回家乡生孩子
我也不想让她离开……"
微笑的母亲,茫然的孩子
她们道谢,她们说再见
她们走下楼梯
脚步声渐渐远去

一些碎屑从我的体内飞出
走廊里，一地的阳光

2010.12.14

花　殇

一地桂花落
雨中一瞥，惊！
哦，宝贝。带你们花下过，我本无意
而今，又踩疼了谁的心？
忍。收拾残局
"重回枝？苦无魔法可施
拎篮。捧你，护你，和你耳语。
或者，学那黛玉，挖坑，填埋
……"
"好花哪有百日香。不如
就化作春泥更护花？"
那么，就随了你

周末，带孩子们从树下过，一地落花，孩子们心痛不已，
生怕踩疼了……

2011.10.2

陆家河岸

一

向着虞山做梦
把山看成青山

二

井水淘饭
梦里的船可否驶离现实的岸
收音机里怎么找不出唱歌的小人
夕阳下,谁在收拾碗筷
捡拾麦穗的少年可曾还

三

掏空鸟窝的蛋
鸟们早已把嫉恨丢开

四

夏日竹荫里,背对背吹竹哨
春来田野间,挑马兰头丢镰刀

五

坐在门口乘凉的老人们
正一个个离去
怎么也记不起他们的模样

六

午后,静静的河
刺槐开出了花
头发染成白,当虚无感再次降临
我们,又怎么能够躲开

七

四十多年的光阴足以读懂一条河
一座山
无根之人随风飘
不知不觉,已没了方向

2013.2.23

远 方

那是你的远方

香格里拉

我把伍尔夫留在了这里,她已习惯在这里的白云下成长
我将带着我的头疼病,再次进入空中

森林,草甸,稀薄的空气,一只跳上书桌的松鼠
早晨两个人的奔跑,牛粪里长出的

红色,紫色,蓝色的野花,都留给她
进入平流层了,阳光真刺眼,就像年轻的伍尔夫

从一本书中跳出来,拦住我的去路
她说,她说,每上升一千米,就要给我补办一次婚礼

2013.8.8

太仆寺旗的夜

一场大雨后
夜色悄悄来临
夕阳变成一条线。下马歌,烤全羊
蓝色哈达
草原人的热情浸满了
某些细节
当篝火燃起时
凳上只留下了你的影子
你和它没有血缘关系
你把肺吐出
它们化成黑色的物质
生出魔
你开始抽泣
抱着你的,是草场和母亲

2015.7.20

连云港老街

在哪儿都是一场老电影
像金眶鸻的翱翔
如何让你在我的故事中安顿
首,中,或者尾
留下来的,只是黑白斑点的意外

洋房依旧,结了疤的老杨树
藏起它的心事
老街不算老
烟雾里踱起了方步
当年提及顾准
你说"达则济天下"

听,钟声又在响起
通往异国的列车正缓缓启动
远处的海港,塔吊连成片

如何让时光倒回,与谁同坐黄包车
与谁交叉在月台上

现在,过去
我能想到的最好的结局是
我来了,而你刚好不在

2017.10.14

火车上的小女孩

十一月的时候
寻回了你的凯蒂小猫

想起我们相遇的七月
我的旅程

拥挤的车厢温暖的情绪
你给我让座
你邀请我去异乡赖着不走
我们合影留念

黎明时分充满梦想的车厢
挥手作别依依不舍

陌生人故事的延续

在彼此的心里

哦。还有照片

2010.11.13

樱花落

樱花谷的樱花已越来越少
樱花道两旁有泥土和死水的气息
曾在樱花下留影,野餐,和一个孩子嬉戏
当你第一次的抵达
你被花语震惊,无所适从
如果最近再去那里,可见另一个场景
花已落满小径
天气变得有些闷热,草坪潮湿
找一处阴凉的石头
披上头巾做一个阿拉伯女子
好景不长,就如你经历过的一些事情
莫名沮丧开始撤离
没有人能打乱它們的节奏。这半个月的光景
可以对樱花怎样的吟咏
而在这里,谁能对你的观点表示赞同

2012.4.18

樱花雨

按摩客,算命女,擦鞋匠,卖水果的老太
从你的身边经过
叫卖声在禅房的屋檐下打转
一阵阵红色的雨,树枝间垂落
它们到处横陈,被踩于脚下
马路上有人在轻扫,一堆堆,落花之冢
他们会被移走,目睹这一切时
有一股气流正在你的体内潜行
他们引导你,从手心向肩部
缓缓,在你的体内扩散,升腾
你欣然应允,和这股力量的汇和,最终四通八达
你开始相信一些传言
落花随流水,人群终散去

2012.4.28

周庄寻梦

一

阳光从方格子窗斜斜地射进来
你坐在灰暗的角落里
打开线装本
一只只鸽子从书页里飞出
旋即在你的眼里死去
古街像一个针眼
任日子穿成了一根长线

二

一群人走近了
喘着气的老街
再一次直起腰来

一群人走过了
石板上,被烟蒂
砸出的一个个小坑

三

鸟儿飞过后,抖落的羽毛
不过是七年被泪水打湿的情书

"阳光轻如羽毛……"
你说"阳光"仍然"轻如羽毛……"

我们听阳光清脆
往事含糊
百年的喧嚣
抵不过寂静

四

一粒停在老街的草籽
迷恋着手洗衣物落下的水滴
偷偷在砖缝中生长
向往着远处的无名小山
习惯阳光的默对

生有所恋,你无处可逃
你将持续留下
远离人群
和死亡一起成长

"阳光轻如羽毛",摘自常熟诗人施影雷的诗句

2015.11.30

山对面

只要穿过这片森林就好
可是门,挡住了去路
我们使劲地扒开门
侧着身子潜入,独留下你

可以换一种姿势
你像猫,贴在了门上
手紧紧抓牢,脚稳稳地踩住
身体变得轻盈

而我们,只是看着你
咽下几口紧张的唾沫

没有想象的那么艰难
真的，真的
你只要想想门外的风景
有人在门外等你

2017.3.12

去富阳吧

去富春江看船吧
贴着水草我们一起走
我要画上柳叶眉,爬树,摘果
我要在江里淘米,捣青叶,我来做青团

梨花探出了脑袋,只三两朵
沾一身黄,顺手摘下一朵不知名的叶
不要说我的残忍
只想掩盖离开时的慌乱

鸟儿们从各处赶来,它们叫得多欢。
一抹斜阳被放了进来,空空荡荡
我要打个小盹,你们先去吧。
我要往竹林深处
那只叫黄公望的蝉
就在这里

茅屋下，竹林边，它的身影在晃荡

哦，知道了，你们先去，我马上就来

2014.3.26

在乌拉盖

风车又在转动了,看,羊群排着队走
在一处开满了黄花菜的草场,你们停了下来
当你摆各种造型,当孩子们在草场里欢跑时
一只羊正被宰割
有人在召唤你们去现场,眼前晃动着一双眼
它在看着你,它在望着你,它是你养了多年的狗
它被溺死在一条小河里
你没有去现场,只是朝着草海的深处走去

2015.7.20

浑善达克沙地的灌木丛

翻过山丘你向我走来,隔那么远
我都能听见你粗重的脚步声
你在我身旁蹲下,这么近
好长时间了,没有谁能够这样接近我
虫子在脚边爬来爬去,沙尘在眼前掠过
我听见你均匀的喘息
傍晚的阳光把我的臂膀,拉得长长的
好像我能抱住好几个你
当人们三三两两离去
你站起身来
我又重新陷进了沙子里

2015.7.18

一个人

星光下站的,还是年少的你吗
那个曾经摇着蒲扇,仰望星空的你
看,那是北斗七星
你用手指给每个人看
你央求他们拍下来
没人能答应
没有人
你的手在微微颤抖
你仿佛看见,骑马的汉子向你奔来
他说,这草原是我的,这天下也是我的
人群围着篝火起舞
而你,只是默默地站立
仿佛这一切都是空的
仿佛这偌大的草场只是你一人

2015.7.19

在贝子庙前的台阶上

面向东南你们坐着
古老的庙宇发着灰色的光
王晓鹏,高海平,吴少东,落英,还有你
五个来自不同地域,不同年代的人
抽烟。闲聊,偶尔有私语
明亮的灰云聚拢了过来
一个穿红衣服的喇嘛从面前经过
他不断地摇动手里的一串钥匙
发出窸窸窣窣的响声
像是在摇着转经筒
回头时,他目中空无一人

2015.7.19

玉龙雪山上

我只要，陷在云杉坪深处的羊儿
至于来来往往的人群，不要让他们打扰

偷偷猎取我的心，还有这蓝月谷的湖水
在雪山之水汇流的地方，河流轻微颤动
有一股力量，从雪山奔来

我只要，河水中独立的杉木
我要和他独处，任随那些个光景在这个上午悄悄地流动
我会顺流而下，随着水离开我待的地方
回到过去

2013.8.8

大理古城

苍山洱海相对视,村庄上有祥云
路的尽头,城市显现

凌波微步,或者一阳指?
这里曾有九代的帝君修行打坐

陌生男人唱摩梭情歌
故事里的爱情,就像车窗外的雨滴
无法触摸却已落下
小贩们在叫卖,山竹、雪梨以及芒果

当我们乘车离开时
洱海里,微风轻打着水面
我们为何而来

2013.8.8

丽江留影

现在,你头脑中的丽江还有什么?
门前的垂柳,熙熙攘攘的酒吧
靠近,靠近白云蓝天
天的尽头
古街小巷,无人的深处
尽管大雨淋透了你的衣衫,而你
就像大海中的一条鱼
在小巷子里游荡
一丝垂柳,一段文字
以及一些轻快的生活
必须细细地聆听,昔日马帮曾在此停留
他们,一次次,在心里辩论着
一条细雨和旧时的不同
马蹄得得而过
顺着水流过的方向
你找到了出走的小巷

浮沉褪尽

他抛弃了接近她的每一个人

2013.8.8

虞山北路

多少年了,总是喝醉了
才说要离开
多少年了,环城公交
总是用同样的声音启动
向左往右
人群聚集又散开
多少年了,车子出了站
总会冲你
发出一溜的黑烟
多少年了,总是在黑夜中隐去性别
虞山北路上
香樟树越来越干净
落叶在风中
跑着,跑着,就抱成团

2013.5.6

观泉堂听琴

此刻城池是野猫的,一起都静下来了
包括,山里的打闹,茶馆里的笑
以及,农田里的蛙鸣

月儿还没升起来,风收紧了凉意
日光、以及水波的流动
期间,有一些不速之客闯入
一只白乌鸦
轻轻地落在枝头上,整理它的翅膀

2014.7.21

秦坡涧

大雨过后才有飞流
尖石，枯叶。滑腻腻的脚印
触痛了脚踝。刺钩拉坏长裙
草叶从泥里爬起
一只雉鸡从你的身旁掠过
树木垂手而立。缓行至半山腰
溪涧的笑声多起来
没有泪，一滴也没有
细流们大声呼喊彼此的名姓
水花装饰着你的脚背
你像个多余的人
随流而行
成群的水珠跌下了山崖
一个红色的果子挂在了崖畔的枝条上

2014.8.16

柳絮飞

看那，柳絮在漫天飞
他们吹起了口哨，向你围拢来
而你正坐在老柳树下，听心经
解梵语，想起某个人时
柳枝就低过了水面
看那，他们四处飘散
手心向上啊，和他们一样的轻盈
任时间也不能约束
他们无声无息，已悄悄坠落于某处
或正从你的手中滑过
荇菜啊荇菜，他在水中央
升起了一个个音符

2012.4.16

飞 叶

桂香围了整个的城
寂寂空心潭
来了名为风的客
叶开始摇摆
阵阵金光中踏出盛装的舞步
一片一大片
扑地面而来
他们的静美，他们的辉煌
如今又攀了谁的眉心
追循谁的梦
决绝的仙女下了凡尘
秋已倾泻而来

2010.10.6

空心潭边

和青蛙在空心潭边坐着时
想起了夏天
那只学着牛叫的蛙。他还在潭边深处?
不管,还是讲讲平原上的三个瞎子吧
他们是否已回来,是否还在哼忧伤的曲
还有那个道姑,她还年轻
经卷却也读遍
数不清的人和她谈经论道
小庵才是她的居所
鹧鸪声声唤
它在找寻远离了的伴,此时
梧叶儿正飞。有经声传来
可以放下一些了
比如刚刚拾起的秋意,比如流过的时光
青蛙是楚水诗人,他不是王子
我们用虔诚

粉碎一切阻碍的光景
说起了门泊东吴的典故
偶遇长者
在唐诗宋词间稍作停留
便也是风生水起了
离去时，瞥见，已蛀空了的枝
还在长叶

2011.11.16

后禅院的老和尚

后禅院的老和尚
驼着背,拄着拐杖
他哎呀哎呀地呻吟着
从空心潭中蹒跚走过

阵阵经声从寺内传来
他踏上台阶,找了个位子
坐对着千年古树说
这蝉儿又叫了

他在那里大声地喘气
眼神迷离,目光穿透了过去
他喃喃自语
来了就不要急着走

直到离去,我们回头
还看见他坐在空心潭边

2010.7.14

立春日,与诸友游兴福寺

檀香味蔓延。下午三时
空心潭边一抹晚阳,缩到了角落
回廊几曲,窗格子里笑声轻荡
龟沉于池底,不肯浮起来
枫香树叶全部脱落,雀儿不知去向
台阶上的老僧背影朝西
红色禁忌使庙宇寂静
每个时代,都有失散多年的兄妹
头发慌乱,黑暗中火花闪亮
和尚们忙碌着,一袋袋的硬币被搬出搬进
哦,素斋后,横卧百年的枯枝长出了新芽

2014.2.7

我回来了

我回来了
从冰天雪地的远方
咖啡杯,热闹的人群
隔不开婴孩般的笑脸
怎能相信,那个调皮的少年
梳着两只小辫的黄毛丫头
就是你,就是你……
曾是怎么样的倾羡

把日子削成枝
串起往日的点点碎片
还记得么?抄写你的笔记
老师的责罚
抿着嘴你躲在了角落
一起挑马兰头
走过的长长田埂

偶尔闹出的小绯闻

喝下这二十多年后最多的酒
剥开点点记忆
曾经爬过的小山坡,猫头鹰
还在沉睡
石洞边,青竹下,是否还有"到此一游"的笔迹?

再过二十年会怎样?
当虚无感再次来临
我们,能不能再次躲开
窗外空荡荡的街道
灯光昏黄,雪已在慢慢消融
我们,都会在彼此的记忆间慢慢老去

2013.2.13

小 雅

那里有中年人的忧伤

向日葵

大片的向日葵
从黄昏中醒来,清醒只是一会儿
山顶裹着人们的言语
风声裹着脚步
有熟人摇下车窗
你以为会带上自己;自己对自己陌生起来
金黄使你的签字很潦草
就像人的这辈子
就像姐姐
她说家里丢了金黄之物
路人也证明不了你不在场
一些证据本身就是一处胜景,引人前往
门却关着,无法进入
只是趴着门缝往里看
你无法进入人群
到了夜晚,金黄也会孤独

到了夜晚，只剩一个人
不是你的你
被劫杀的你
竹竿上挂着
一些荣誉，它们找来人体器官
和热气腾腾的医生
只有它们才能辨出
黑暗中的天使
光明里的魔

2015.10.31

说起童年

四十多年后,你开始诉说
你说你小时乖巧
不善言语

你说你常会偷听大人们的谈话
怕他们会说起你的不是
一点轻微的响动就会牵动你的神经

你在乎自己的身世
在乎别人说你没穿内裤
你哭晕在田埂

你常幻想着哥哥们会给你送来雨具
或者,就是来看看你,看看你
可是他们没有来
一次也没有来

"当初不忍心把你送走
没有办法,真的没有办法
那时我们还小"

直到他出现了
在雨天,时间静止
唯有倾听,才能减轻内心的挣扎

2017.4.4

你的履历

头朝外躺在堂前
口袋揣着的三百元,是你的全部家当
你的床头,女儿不断地给你添化着冥币
月亮由红转成了蓝
这个冬天的冷
已深深刺入你的骨髓
田地里的雪在慢慢消融
露出了斑驳的印痕
就像见证了一个人的一生
六岁时,你没了父亲
十九岁那年的事
如一把斧子,砸在了人们的心上
温厚的你和漫天飞的标语有了干系
被窝,电筒,浆糊,刻刀
是你全部的工具
你的刑期一改再改,从无期到了十年

大家迎回了你，你朝每一个人点头微笑

连走路也是小心翼翼

几年后，终于娶妻生女

靠打着零工度日

微薄的收入支撑着四口之家

直到有一天母死妻病

街上多了一个醉醺醺的酒徒

寡言的你，已分不清白天和黑夜

你的世界融不进任何人

酒精似乎是你唯一的知己

发出微光的烛火

渐渐，渐渐在熄灭

你静静地离开，在春天来临之前

不知何时，也不知何因

你一手捂了心口，一手指向远方

那里是否是你的来路

是否这就是你和这个世界和解的唯一方式

田地里缓慢融化的雪

已没了影踪

2018.2.5，晨

怀孕的季节

他们被逐一贴上了便签
排查范围不断缩小
人们的心中,仿佛藏了某个男人,某个女人,
或者某个小孩
开始是喘不过气来
后来又到了流泪的边缘

金黄,已经是一片金黄
金黄低着头注视着大家
传言就像长了翅膀四处停留
所到之处,每一颗不安的心都被啄伤

2017.8.24

月色下的蛙鸣

为了追寻蛙声,独自一人穿越城市来到一片茭白地
陷在黑暗中的。不止有蛙鸣,
还有石桥上的看闸人房间的灯火
有人在河边捕鱼,有人走向灯火通明处
空气中有槐花的清香,或许是橘子花?
蛙在为她们歌唱
开始是一只。多像童年的你
大声地唱着"英雄儿女",独自穿过一片坟地去寻找母亲
在恐惧感袭来时快速离开
更多的青蛙加入了,这或紧或慢,高高低低的蛙声
多像你和我曾经的日子,围绕在水田间的房屋
以及整夜的蛙鸣
偶尔走过的男女,略显不安
握紧的双手会在蛙鸣中不自觉地松开
对于未来,对于经历的一切
蛙们又怎能用道德来加以区分。前方终究是在灯火里

你将会离开
对于蛙们来说,这夜晚的歌声
将是它们对未知的祈盼

2018.5.4,凌晨

拔牙手术

你躺在手术台上
各种利器一字排开
发着白色的光

消毒药水味在房间弥漫
金属发出咝咝声
有烧焦的糊味
刺耳的声音不断地传来
好似千万只蜜蜂在飞舞
又好似老房子被装修
一秒,一秒,时间在消失
一次次,你从虚幻回到了现实
车针,牙钻还在劳作
一场安乐死正发生

你的半边脸麻木着

身体的某些部位已不是你的了
它们在慢慢地离开你
你的身子在缩紧
越缩越紧

你没有办法阻止这一切

2015.10.30

阴　影

肺部有阴影，医生的脸色凝重
探过身去你想看个究竟
似乎问题很严重

机器左右摇晃，身子也顺着晃动
瞬间你从一台机器转移到另一台机器
人们的脸上，阴影在四处游移
恶之花开满了山坡
空气凝滞，时间仿佛已停止
世间的一切已离你很远

阴影还在，还在那
你必须去掉所有的纽扣
在生命面前，什么都可以放下
周围如此地安静

它还在不在,你小心翼翼地询问
已经不在了,只因纽扣
那层层叠叠的缠绕
笑着离开,仿佛你又回了人间

          2016.4.12

居 所

时而你在上帝创造的帝国停留
时而,又变换角色,去了达洛维夫人的居所

从未离家
你却时常居无定所
把自己想象成河中的浮萍

为了一朵云
你日夜兼程,回到你的出生地
宁愿听久违的叮咛和啰嗦

偶尔,你也会回到从前
回到你的异乡
紧闭的门窗
传来刺骨的寒

2017.3.12

冬　夜
——回赠姜丰

虚无感从没如此之盛
直到小草发芽
你还在叶落中徘徊

直到老鞋匠说出
命运就像风
看不见摸不着
你才开始捂紧身子
用力向前跑

叶还在街边打滚
石头却在丛林深处
小酒馆外，风吹得紧
"黑暗沉于黑暗之中"

"你也是石头中的一员"
退回到了石头深处,你的深处

2017.1.16

小　寒
——给之平

而此时，你在回你的远方
刺眼的灯光，看见你拎着你的影子在奔跑
那里的天空寂寥吗
漂浮，飞行，你说不要陷入
我也在跑，跟着你的影子在跑
不要质疑我的热情
只是在追寻另一个自己
另一个远方
或许，我们看清了生和死
以及时间中的奔跑
栖居在这样的一片喧嚣之中
我们又如何能阻止这日渐地老去

啊。此时,我们可以是王
只要一个手势
雪花便飘了下来

          2015.1.10

大 寒
——回赠曾昊清

天空阴沉,麻雀也会迷失方向?
它们是否在寻找着来路
三两只停在
打着寒颤的枯枝上
天气预报说雨雪将在下周来临
那时天空会变得很洁净
橘子还未摘完,橘树并未光秃
雀们游荡,彼此啄着羽毛
它们的心情并未受任何的影响
时而落在屋顶,时而往下飞
等待它们的不止是广告牌和电线杆
还有旷野里的男人和女人
阳光房外,泥石流和大水倾泻
投毒的人在微笑
狙击手不停地眨着眼珠

但,什么也不能阻止它们的飞行
它们的方向
是世界的旷远

2018.1.20

这里有许多的安静
——给白地

偌大的房
塞着一间间的满
里面有一个小小的，小小的你
白窗帘，花桌布，茶几和茶具
一些空。
茶水凉了又续，续了又凉
看，这就是躲猫猫。它在围巾间嬉戏
猫不怕生
雏菊静静地摆放着。白玉兰也已含苞待放
阳台上有菜园
画室里，安放着许多的画笔，他们在时间的角落里停顿
他们不张扬
一笔一画间，那是你一生的守候
轻轻掩上门，把你甩在身后
透过人群回望

一只被打碎的玻璃杯
血管里有血在汩汩往外流
白地上的一大片月光啊
那是宁静

2012.1.3

诗歌中的女子
——致姚月

昆曲，古琴，评弹
是我们的谈资
月光透过布帘缓缓落下
衬着玫瑰花和茉莉花茶的香气
你的小心思，小营谋
让我也变得轻盈
循着你的脚步
在舌尖上舞蹈。
能否让我们一起？
"和李白赌诗，输了的人就去捉月亮"
只是，湖水有点凉，我有点笨。
面前的你，有点俏皮
又有些率气
而我在想，另一个你
那个诗歌中的女子，

婉约，袅娜，娉婷
着一身汉服，弹一首古曲。
彼时。从遥远的时光角落
走来一位公子
青袍，持箫，迎风而立
唇角扬起一缕浅笑

          2010.12.28

春已来临

人们从你的窗前走过
微笑或疑惑的脸
他们却看不见你扭曲的身子
满地打滚的疼痛
周围一片喧闹
没有一个人走近你
他们在交谈,大声地说笑
却看不见躺在地上的你
一朵油菜花跳入了你的眼睑
那是春天的消息
一个孩子蹦跳着向你走来
你使劲向她摆手
示意她去叫人
她却笑着离开了
再也没有回来
你的身子已缩成了一团

像一只被惊到的刺猬
你在嘶喊，不断地用手臂拍打墙面
发出连你自己也听不见的声音
春天已来临

          2018.3.1

离

初六，清晨
半颗牙随着牙膏沫滚出
没有半点疼痛
看来为了离开，它已蓄谋良久
此时，母亲在厨房忙碌
她已不再需要牙刷
你攥着半颗牙
不知该做些什么
明知它无法回到你的体内
明知眼前的一切无法改变
还是紧紧地攥着，不忍丢弃
就像孩子
为了护住一粒珠子，一张卡片
使劲捂着口袋

2015.2.28

游 魂

天未亮。庄稼
已被打上一层白霜
他还在村庄游荡
谁在喊他
哦,是寿衣店的人在打探
薄雾已漫过他的臂膀
河边,熟悉的猫在蹲守
他的脚却再也无法触及大地
猫儿引他走向灵堂
年幼的孩披麻戴孝,看
红蜡烛已慢慢燃尽
佝偻着背的老母,唤着我的儿
手中的冥币在减少
他掩面。要归去了
他将对过去的事一无所知

2011.12.4

那是什么地方

天空在不断地变着脸,云堆急急行走的你
喘着气把纸揉碎。一次次,在碎纸上读
你来到了一个院落
古堡?不,那更像是一处明清建筑
坐在院中的藤椅上,看满屋人群
辨认着正演绎的场景,回忆每一处细节。
你不是房子的主人
终于,你进入了房内
只是一个人,没人来烦你了
没有某一个夜晚向你伸出手臂
这不错啊,终于找了一处寂静的场所
你,独自一人从喧嚣中走来
起风了,你却关不了窗
说不出一句话

2011.10.31

错 误

你常会找不到他们
比如，一本户口本，一张稿费单，或者一件秋衣
过一阵他们也许会出现，或，再也不见
就像人们一生中会错过的许多人
经历无数的伤，也舔过幸福的唇
偶尔会你也会随波上错了船，错过了终点站
赶不上末班的车
常常忘了歌词的你，时刻等待着一批音乐的出现
意象们有时会把你找寻
当皱纹滚过你青春的脸容
时针和分针便各自离去
你不断对一些词语和节奏进行摆弄
试图突破一些极限
捧起诗本时，有异域的浓香传来
而错误的出现一般能磨人的意志

2012.4.18

梦

你梦见一口井,有人就投了井
梦见望虞河,有人便跳了河
有时梦境也会出现偏差,时间地点人物不详
描绘这些事的同时,你跳上车
去另一个城市,在一个房间内
你经历了一场手术
去掉杂质,构建骨架,增添肉感
你频频颔首,为某种新生而窃喜
在这之前,你梦见了别人的房间别人的床

2015.1.4

砧板上的鲶鱼

它仰面朝天，躺在砧板上
触须还依然翘着
肚里鼓鼓胀胀，或许那是它的一群孩子
它已离开，死亡时间不详
此刻微风吹拂，窗前枇杷泛黄
麦子已熟

这定是场阴谋
可人们甚至不知它的来历
它遇到过怎样的争斗？
肮脏的河水，枯干的芦苇丛
那一张张面目狰狞的网
从四面八方向它涌来
人们用砖头砸死"西帕提亚"后
还把她撕成碎片

2014.5.26

小　镇

春分过后我们谈到了小镇
石板路，绣花女，古老的拱形桥
我们谈及一些稀奇古怪的词语
以及，被点燃的热情
我们不是圣徒
偶尔会在某个晚上贪恋玫瑰的花束
十只手指有长短，后园树木有高低
母亲的话自有几分道理
鸟儿开始鸣唱
花瓣在风中四处飘飞
小镇的孩子纷纷举起了手臂
有些孩子会装上蚕豆耳朵
春分过后还有风寒，天空开始下雨
我的身体每况愈下

2016.2.27

蛇　语

躺在路中央，朝河的方向
野草舔食着你的血渍
你朝田野吐出最后的云朵
一些气味
在空气的掩护下挥发

当沉默降临，有腐朽的嘶嘶声
轻轻在细雨柔风中纠缠
你慢慢褪化恍若谁
遗落在世间的一段枯枝

我是知道的你说
这世界……

2010.11.20

缺 口

今晚,暴雨过后
一堵墙倒了
毫无征兆地倒下了
留下长长的缺口
你开始不安
担心猪圈里的猪
被人抱走
担心有人在半夜
割网,取鱼
你甚至可以断定
缺口是人为
是的,是的
现在你越来越确信了
你甚至看见过有人
如何使劲想法子
把墙推倒

而这一切发生时
你只能躲在角落观望

2014.4.19

等

别！别去惹它
就让它待在那！它会来的
它将带来预言
述说一些可能的事实
荒漠，迷失的岁月
我看见前方有绿洲
它就在那儿，已长出翅膀
风撞开门
阳光穿透云层
当它飞临之际，该做些什么？
好吧！我已准备好
等。终有一天，它会
挥动双翼，腾空而来

2011.3.18

哭 丧

演绎的荡气回肠的
是别人的故事

长歌中,黑压压的一片
群楼自云中坠落

褪去了空气的皮肤
火焰吹熄的蜡烛

风中残叶
孤零零向前奔去
钟摆一片的沉默

被黑暗封锁了的天空
传出了一片呐喊

晚秋霜霰莫无情

死亡终也是温柔

2010.4.6

梦

行走在湿漉漉的街上
红色雪片自云层坠落
有蛇游来,是儿时邻家打死的那条
现在它复活,容不得多想
在无人的街道狂奔。把影子远远甩在身后
身上空空如也,一些东西你早已丢弃
四周无人。有鸟儿从头上掠过
我看见它的两翼下夹着高楼
它去了,它去了就再也没有回来

2011.1.5

月光光

你休想再把我围困
你看，大雁正成排往南飞
他们已飞出了你手指的方向

望虞河边，歪斜的藤椅
老祖母轻晃着小脚
吃柿子。西瓜可以小口吞食
说五十年前的事，也只是轻叹

墙角秋虫在呢喃
心口收紧又松开
时光轻轻滑过
或许,也有了斑驳的伤痕

胸闷的时候，可以拆开骨架。
和影子相互寻欢

2013.9.20

素 描

你也不了解自己
有些东西是天生的
真诚或者热情,在一些人眼里是别有用心
苦心经营的文件在最后被替换
烈日下等车,车过才发现站已挪了地方
再怎么黑的夜,也会有体内的光去照亮
绝不擅长为伤害一个敏感的词汇而思虑一个晚上
不然,怎会梦见你有了满头的白发

2011.7.2

动物园里的女人

脸色似乎有些憔悴
在春天温和的阳光下

笼子里的动物们一个个都很安详
大象正在喂奶
看来她还是个高龄产妇
似乎,奶水并不充足

鸽子咕咕咕叫着飞过头顶
它们不断地敲打着玻璃
似乎想要找一个安全的地方歇脚

猩猩正看着喂食的饲养员
决不允许他有半点的私心
狗在床上酣睡
周围有鸟鸣的声音

女人还在阳光下走着
目光落在了不远处的一条长凳上
一个四十多岁的男子
正坐着读报

她想走过去，坐下来
或者，他们能够闲聊几句
甚至她想吵一架
可是她什么也没有做
她绕过了长凳

2016.3.27

烟。女人

透过烟雾
撞见了你的眼神
烟圈渐渐,向头顶扩散
坐在木椅中
靠着柜台,手指拨弄着算盘珠子
置于身后,任烟灰
掉落。烟的那头,一些词语无人懂

哦,等在路口外的女人。地上的箱子
眼里的远方。烟,貂皮大衣下的困顿
等的人还未来

2010.1.29

梁庄,这是一幅静态写作的画面,但静中有动,人物是定格的,但烟圈在飞奔,算盘珠子在飞奔,火车在飞奔，人在飞奔，心在飞奔，但所有的飞奔只是为了静止地等，静止地燃烧，静静地随着时光烟消云散。尽管是一个长于算计的女人，往往被时间和命运暗算。这个女人木讷而困顿，靠烟和裘皮大衣提神，但结果是远方的人往往不买烟和裘皮大衣的帐。通过一个长于算计的女人的失算，更加突出这个除了外在的堆砌一无所有女人的空虚和可怜。

一月,大雪中行走

钟摆依旧在吱嘎作响
守车人不停拨打着电话
你正穿过昏睡的躯体
匆忙而行
雪已组成层层防线
不停和万物做着较量
他们阻碍你排斥你又引诱你
把一些种子植入你体内
他们开启你的思想又散播谣言
挡住你的来路
他们粘住你
他们粘住你如蜘蛛网
说一些轻薄的话语
你的头颅是盾牌
你的眼睛是闪电
劈开了万年冰山

小提琴开始奏出不和谐的音符
如此慌乱不安
小河犹如一位惊慌失措的少妇
不停敲打着乳房
跪着祈求怜悯。容不得争辩
一阵混乱后,开始融入
你的躯体越来越安静
越来越白

            2013.2.9

二 月

夕阳拔掉了插头,流星,只能在虞城的边缘游走
过去的时日,一再后退,有一些直入泪腺
要怎么说,要怎么做,才能获得勇气
我们不过是两粒棋子,我们不过是互为一盘
再往前一步,就出界了
再往前一步,河水就变声了
再往前一步,虞山下的麦田就要收割了
再往前一步,头发就该理了,而你却还赖着不肯起床

2013.4.27

三月，某个夜晚走过麦田

略带不安，穿过三月的麦田
星光散淡，照见它们的脸
由黄转绿，由绿转黄
饥饿的田鼠，被麦粒一样的鬼火点燃
月亮终于出来了，似圆非圆
像被阉割的史官
该记下的，记下了
不该记下的，也记下了
他把所有的愤懑统统叫作思想、主见
而，真相越来越远
也许只有麦田上空
掠过的那只夜鸟才知道
一个人还要走多久，麦子才能成熟

2013.4.29

四 月

我那未被收割的麦地。田埂两边
婆婆纳和荠菜花在除虫剂的缝隙间到处生长
林间的叶片格外青嫩
春雨袭来,灼伤了花们裸露在外的躯壳
以及,即将脱落的半颗乳牙
在我的另一种身份未被证明之前
灰尘早被雨水冲走
雨中奔走的老马,正被主人鞭打
他们试图穿过龙的漩涡
重生,还是消亡?
六天之后,可能会有答案
如果漩涡晃了你的眼,不要怨我

2014.4.17

五 月

火山喷发的时候,两只乌鸦正从窗前飞过
嘎嘎大叫的先知,率先抵达陆家河岸

崩碎的玻璃,像巫师的咒语一样犀利
家的空白处,难免会留下几道抓痕

回廊的脚步声渐渐远去。楼道里的灯光
纹丝不动,像往常一样,拖住你的影子

现在你还不想离开。没有什么可怕的
喷出来的,除了岩浆,还有你虚幻的兄弟

2013.5.20

那双眼睛

小船驶向湖中央
它开始焦躁不安,朝你狂吠
枯叶翻转着从树间落下
芦叶儿浮动
岸边的竹林发出窸窣的响声

现在,它被绑上了石块
将受到惩罚
它在朝你张望,眼角有泪

你,眼看它被蒙上眼
眼看它被推下深潭
冰凉的水终把它淹没

一声巨响后。水波晃动

2013.12.19

红,她是梅

四散奔跑的人群
他们离家的温暖只是一票之隔

看那暗香浮动中,处处隐藏着杀机

哦,人群中的过客,那一树树的梅花
有的含着愁苦的花苞,有的全身已被染红

2014.3.1

十六公里之外

你躁动不安,从卧室跑到了楼顶
又从楼顶爬上了阳台
你的眼神恐惧无力
九月正轻轻敲打着你的臂膀
他要带你离去,当血管被割裂
疼痛已不再称之为疼痛
不不不,你快回来
这里有你的孩子,看见了么?
拉紧我的手,出来啊,从你的九月逃离
十六公里之外
稻穗已孕育,玉米开始疯长
丝瓜花正吧嗒,吧嗒往下落
还有桂花香,对!桂花香,你闻到了吗?

2014.9.21

月亮真圆

午夜十二点,你不知走到了什么地方
道路是陌生的,街道是陌生的
厂房里有灯光,你大声喊,无人回应

路突然变小了,看不见的狗在追赶你
他们在狂叫,一只,两只,三只,四只……
你拼命向前跑,向前跑

一对情侣靠在一起说话
一个老头坐在一堆沙石料上
他们怜惜你一个人走,说你的孤单

他们不知道你要去哪里
你只是拖着你的影子在跑
想起他们的话,你流泪

前方已没了路,硬着头皮往回跑
路上没有了狗,没有情侣,没有老头
出口就在你走过的地方,它很安静

            2014.10.5

有 感

一夜间,全城的木樨花已不再开放
飘零,衰落。他们各自分散
空心潭边的银杏树上,漂浮的云朵已走远

2014.11.16

疼

嘭！胎裂，碎屑飞
你倒地
路旁的蝼蚁，成群结队
爬入。它们在你胆管内撕扯
大风起，花瓣们躺了一地
它们拧成几股势力
侵入你的体内
一个浪头，已分不清你我
抬头，看见
三只抱成团，小猫
的尸体时。你开始呕吐
紧抓身旁的草
你拨出了求救电话：亲爱，若

找不着我

时，一定去路边看看……

2011.4.15

昨 夜

必须在日出之前
修好漏水的管子

羊年出生的
是你的兄长和孩子

一点点，抹去忧伤的
是土地

南方，一个叫陆家河岸的小村
蝉又在叫了
隔壁的房客
正发出轻微的鼾声

2015.8.4

私 奔

回了,他终是
丢下借来的伞
整整衣襟,捋捋湿漉漉的发
一番话语,春寒便轻轻地过了

四年前,他携了别人的手
踏了一程赴会的路

哭声飞过村,却没追上
留下一个身影在屋内跑进跑出
一年,一年……

他终是回了
远方,有人在抽泣

2011.2.12

代课老师

整个下午你们都坐着
母亲突然问起你的收入
又谈及你工作
这是这么多年来她的第一次询问
你开始不安
三十年,那是你的三十年?
或许是别人的
你只是一个影子
你无法向母亲说清
也无法向谁证明你的三十年
就像你无法证明你来了人间
你开始低语
还有机会么?母亲近似哀求
七年的泪已流尽
无法预知将来
你的话越说越轻

退休后的八百元能否给与她慰藉?
你要找到一条地缝
你要把自己缩小
钻进去

2015.10.31

友人寄语

（按名字首字母拼音排序）

阿祥：认识小雅有几年了，当时她编一本诗历约了我稿子，正是这本诗历使我对小雅有了重新认识，我觉得她对诗有很好的理解，有敏锐的洞察力。

在这个日渐疏远诗歌的年代，写诗成为一种奢侈，我是说，这个奢侈并非带有自我的炫耀性，在日常生活当中隐秘地读诗、写诗，难道不是人们心灵上的一种奢侈？所以，不能责怪诗歌处于边缘化，也不要试着去呼吁和呐喊，只要你写诗，或者你还在写诗。

对邹小雅来说，写诗是一种隐秘的梦。是的，她身边的人也许知道她是诗人，也许不知道，但是有什么关系呢？把写诗降低到做梦的隐秘地步，而不是大旗张扬地喧嚣，就可以自己享受着写作的喜悦。辛波丝卡有句话说："我偏爱写诗的荒谬，胜过不写诗的荒谬。"我想小雅肯定有这样的体会，如果小雅很久不写诗，就像很久没有做梦，那么她的日子可能苍白无力，总会觉得缺少了什么。

当然，梦醒之后会遗忘，想不起自己在梦里做了什么。同理，写了一首诗后就容易忘记，想不起自己写了什么。没关系，把这些梦这些诗保存下来，做成一本书，这就足够了。不管别人读不读，或者不管我读不读（因为读诗也是隐秘的，我为什么要告诉你我读过你的诗呢），只有自己体会到岁月的记录、梦境的密码珍藏于一本书之静默。然后，在芸芸众生中照常去工作、生活或者旅行，回到普通人的忙忙碌碌。

小雅写诗，对情感、对生活是全力投入，又保持适当距离。正因为有了这个距离，她才能在隐秘的梦里看得清晰。万物皆可入诗，她写大雪、麦田、菜园、陆家河岸，也写窗台上的鸽子、游魂、古藤，她还写虚幻的兄弟、火焰吹熄的蜡烛、邮递马车。这些代表了小雅的写作特色，有独立的自主个体。

最后，我想说——

不要轻易放弃自己做梦的权利，即使是隐秘的，与别人无关，但与自己的生命、生活有关，唯如此，诗歌永生不死。

李建春：邹小雅在当代女性诗人中，当有一个位置。她以不倦的写作和付出，坚持编辑一份成本不低的民刊《诗历》，以包容见长，也有自己发现的眼光。多少尚未成熟的作者，在她那里得到过鼓励。她对待诗歌同仁仿佛她的职业，像对待幼儿园的孩子一样，有耐心、平等、善于理解。这让她能够兼容并蓄。她以女性特有的敏悟，长期坚持写作，已形成了一些鲜明的特点。邹小雅与其他女性诗人别异的地方，主要体现为一种明净、硬朗、从容的语调，波澜不惊地处理一般人可能会特别强调的题材。一如在《向日葵》这首诗中，开头这样写：

金黄穿过它们的金黄

  留下暗影。大片的向日葵

  从黄昏中醒来，清醒只是一会儿

  山顶裹着人们的言语

  风声裹着脚步

  有熟人摇下车窗

  你以为会带上自己；自己对自己陌生起来

  金黄使你的签字很潦草

  就像人的这辈子

  就像姐姐

  她说家里丢了金黄之物

  路人也证明不了你不在场

  明明说的是向日葵，却让人产生陌生和不安的感觉。悬置着，从一个金黄的幻影（已成了幻影），清醒一会儿，"山顶裹着人们的言语/风裹着脚步"，这种语言，简直到了踏雪无痕。"你以为会带上自己；自己对自己陌生起来"，到底是什么原因呢，"金黄使你的签字很潦草"，终于露出诡异的一面。"就像人的这辈子"，一下子卷入一个东西，但是似乎又不对位，这种错落的、用语言表达沉默的技艺，已是一流高手的水准。紧跟着却又朴实了："就像姐姐/她说家里丢了金黄之物/路人也证明不了你不在场"，焦虑升起来。而我们几乎意识不到这些事情竟跟向日葵的"金黄"有关。

  一些证据本身就是一处胜景，引人前往

  门却关着，无法进入

  只是趴着门缝往里看

你无法进入人群

到了夜晚，金黄也会孤独

到了夜晚，只剩一个人

不是你的你

被劫杀的你

竹竿上挂着

一些荣誉，它们找来人体器官

和热气腾腾的医生

只有它们才能辨出

黑暗中的天使

光明里的魔

这种奇妙的腾挪，好像侦探小说的氛围，一些幽暗的生活细节依次带出，中间却插一句"到了夜晚，金黄也会孤独"，看到最后几句才明白，原来"向日葵"、"金黄"就是"一些荣誉，它们找来人体器官/和热气腾腾的医生"！这首诗的主题，"黑暗中的天使/光明中的魔"，这几乎不可言说之物，就自然而然地现身。邹小雅在这首诗中证明她已有独特的风格武器，在社会责任、道德感等大话题上，偶尔与男性诗人一争高下。但是一般来说她不在这个领域发声，她是江南诗人的一名女性成员。作为幼儿园老师，她的领地是爱，这是多么成熟的爱。请看她这首小诗：

《果果问》

你是幼儿园老师？

六岁的果果很是怀疑

> 你为什么这么老
>
> 我们都会老
>
> 果果将来也会老
>
> 玩具会老么
>
> 牛羊会老么
>
> 还有这些云彩
>
> 果果用手指向天空时
>
> 一朵云正向南方飘去
>
> 会的，都会的
>
> 果果看了看你
>
> 先是慢慢，而又飞快地
>
> 从你身边跑开了

这不需要解释了。"果果看了看你/先是慢慢，而又飞快地/从你身边跑开了"。这种敏锐，包容，慈爱，沧桑。而语言又是这样浅显。她甚至就是以这种浅显达到了前述《向日葵》一诗的深度和艰险！我们再看她智性的一面，也是一点都不逊色：

《香格里拉》

> 我把伍尔夫留在了这里，她已习惯在这里的白云下成长
>
> 我将带着我的头疼病，再次进入空中
>
> 森林，草甸，稀薄的空气，一只跳上书桌的松鼠
>
> 早晨两个人的奔跑，牛粪里长出的

红色，紫色，蓝色的野花，都留给她
进入平流层了，阳光真刺眼，就像年轻的伍尔夫

从一本书中跳出来，拦住我的去路
她说，她说，每上升一千米，就要给我补办一次婚礼

这涉及一次旅行，想必是她随手带的一本伍尔夫的书，遗失在香格里拉，"我把伍尔夫留在了这里"，因为："她已习惯在这里的白云下成长"，这是不可能的，诗人的意思是说，她在边游玩边读伍尔夫的途中，伍尔夫作品的精神印象已与香格里拉的风景印象完美地交融。"我将带着我的头疼病，再次进入空中"，问题一闪而过，伍尔夫形象的高贵与香格里拉的风景一样，都不属于她，她也带不走。那些美好的风物，森林，草甸，稀薄的空气等，"都留给她"，那么诗人自己呢，她属于什么？留给自己或要求自己什么呢？"进入平流层了，阳光真刺眼"，就在这么一个高度上，刺眼的阳光，竟然像年轻的伍尔夫一样从书中跳出来向她提出要求："她说，她说，每上升一千米，就要给我补办一次婚礼"！诗人邹小雅的生命境界，每上升一次的喜悦，那么活泼、女性化地，跃然纸上。

2016.9.20，武昌

李之平：写作的人最大的救赎我想是能够返璞归真吧。能够放下远方的瞻顾，卸掉虚拟的激情，甚至所谓的附加于身体上的奢浮

的语言美学简化,将过度的修辞过滤,不靠谱的想象的帘幕掀开,一个人的认知归于真实所在,便也是可以把握的诗与人生了。邹小雅诗歌让我欣喜地看到这种质地。

早年我们都是被语言包裹,一味任文字裹挟情绪倾泻,认不清表达的真相的。经历世事繁华,心地沉淀,对语言,对文学的认识大体都有了落实的认知,于是有了带着我们身体与感受温度的写作,诗,大概就是一个人最真切的那个触角了。

小雅的诗歌普遍表现她的生活经验中的闪耀微光,那种温暖的寸心体悟。

诸如写孙子的一天天变化中的微妙,比对儿子的出生成长,体验生命变化的神秘奇特与快慰。写爱人,不经意的爱顺着细节流淌。。写日常所给予的温心触摸,写这真实世界带来的细微却无上的感动。不要大而化之的思想哲学,只要底下来的生之律动,感受它,也在完满它,成全它,成全自己的生命历程,这难道不是一种了不起的修行吗?写作不就是这样,借用修心的外形记录和凸显它,并给予清晰完整的观照与明示。

读小雅诗歌给我很多舒心与温暖,宛如捧一本清代小品文,或日本散文集《枕草子》那样的舒坦与会心,体味生之点滴,被其温暖和点亮,感受生活的真切与纯净,实在也是一份上好的享受了。

祝贺小雅诗歌成集,早日出版给朋友们存留。

18.12.16早晨于茶陵

吕布布:对小雅来说,诗就是见真和面对。保持生命青春的活力而又抑制语词的张力,让生与诗共同应答,相互发展。她的诗否定人虚空的一面，又肯定沉默、自行消散、不为了什么而为的精神活动。无疑她（的诗）是传统和抒情的，但又是自我激荡和倾尽温柔地关心着人类所有的情感。我想，见过她的人，就都会理解到她诗中的温柔，人类的温柔。

马永波：邹小雅的诗朴素踏实，多从生活实景中采撷，对事物的观察与对自己内心的认知往往是互为表里的，她不做过度引申，往往能从一些看似不经意的细节处突然亮出一把闪亮的刀子。乡间物事，人情冷暖，记忆碎片，一一陈列，不夸张，不激烈，不变形，甚至伤感也是清清爽爽轻声细语的。作者擅长营造某种对话氛围，在主体之间，甚至主客之间，利用语境差异而形成诗意。诗中经常能感觉到或隐或现的与人群的隔绝，既是被动的也是自愿的，甚至与物的贴近有时也显得勉强，这种疏离之感，与事物和人亲密无间关系的破裂，也许是小雅诗中一个重要的主题。自然和家园的归属感仅仅是该异化主题的一个脆弱的平衡物，大多属于记忆的建构和乌托邦的想象。诗人似乎始终在探寻一条与世界、他者和自我和解的途径，就在这探寻的过程中，诗人忘记了探寻的出发点和所要解决的问题本身，她惊喜迷恋于事物的本相，这未始不是一种不解决的解决，这也是诗歌的本质性功用之一。因此，我相信小雅是有福的。

钱旭君：小雅说她要正式出版诗集了，还让我在她的诗集里写上几句。为此，我有些为难，因为，我已经一年多没再碰诗歌了。曾经爱之如珍宝的诗歌，我一年多未曾去写，很多次，也想把自己心底最深的东西，用诗歌表达出来，但是，最终我放弃了。不过，小雅一直在写，而且越写越好，当我打开她发我的诗集稿件时，甚至让我吓了一跳。她，的确写出了自己的诗歌。

诗，到底是什么？这个问题若是问一千个人，就会有一千种答案。但是，人心底那份柔软，甚至可以说是脆弱，确实诗最迷人的东西。小雅的诗，总是用一种知性的语言，包裹着那种脆弱。比如这些："当初不忍心把你送走\没有办法，真的没有办法\那时我们还小；金黄使你的签字很潦草\就像人的这辈子\就像姐姐；沾一身黄，顺手摘下一朵不知名的叶\不要说我的残忍\只想掩盖离开时的慌乱"读到这些句子的时候，我不禁想起几年前，小雅应邀前来参加富春江诗会的情景，那天，她要离开富阳回常熟了，我并不是一个不善于表达内心情感的人。但是，那一次，她拉着我的手，掉下了眼泪。我不知道她为什么那么伤感，但是很多年以后，我依然记得这个画面。她对情感脆弱的表达，带着一丝孩子气，但却是那种最让人心疼的孩子气。这就像她的诗歌，表面上显得很知性，但是总有那么几个句子，无意中就会击中我的心，让我感到那种如瓷器破碎的瞬间，碎片扎进指尖的疼痛。"水花装饰着你的脚背\你像个多余的人\随流而行\成群的水珠跌下了山崖\一个红色的果子挂在了崖畔的枝条上"；你的半边脸麻木着\身体的某些部位已\不是你的了\它们在慢慢的离开你 \你的身子在缩紧\越缩越紧\你没有办法阻止这一切"……是的，很多时候，我们的内心都在抵抗这个世界，无论是失望还是希望，都是我们抵抗的对象。但是，诗歌却不需要抵抗，它拒绝抵抗，它需要的是那种小而脆弱的敏感，那样才更接近美。这些东西，在小雅的诗里有，虽然并不那么全然纯粹，却包裹在批判性的伤感中，如一滴深藏玄武岩缝隙里的水珠，晶莹而带着地心的热度。

写诗，是一件多么难的事。至少十几年的诗歌写作经历，让我感悟到，诗歌对于人类认知以及情感的挑剔和苛刻。而一直在写的人，本质上都是勇敢的人。或许，勇敢，针对的仅仅是把内心呈现出来，而并非用虚荣心包裹原本就存在的恐惧。这一点，小雅做到了。

钱旭君2018年12月18日写于富阳高桥

　　沈方：通常认为苏东坡词以《念奴娇·赤壁怀古》为最："大江东去，浪淘尽，千古风流人物。"适合关西大汉，抱铜琵琶，执铁绰板，高声吟唱，但最动人并流露真性情的还是《江城子·乙卯正月二十日夜记梦》："小轩窗，正梳妆，相顾无言，惟有泪千行。"中国古典诗词长于抒发每个人都有的亲情、友情，正如读杜甫诗，情不自禁会想起"今夜鄜州月，闺中只独看。遥怜小儿女，未解忆长安"及《赠卫八处士》，读邹小雅的诗，令人难忘的就是她诗中的亲情、友情、乡情，如《坐在父亲的小船上》《挑荠菜》《说起童年》《你的履历》等。涉及情感的诗往往流于单薄、纤弱，而邹小雅诗中的情感呈现出丰富而细腻的底色，厚重而不失清新，读之不禁为之动容。

　　施茂盛：小雅的诗中有很多安静，这是诗还能医治我们灵魂的一剂良药。抒写这种安静的人，她的核是仁的，是甜的。

　　疏约：小雅诗峻绝，且看不出来。像那种宿有慧根的小朋友说话，不经意里全是趣味。而且你在这种趣味里回想，皆是深刻。

王永祥：读小雅的诗，让我别有一份感动。仔细回味，这份感动就是源自于其诗歌指认的生活，或者说经由诗歌叙述和呈现出来的生活。在三个大致划分的专辑中，让我们品味到故乡安宁，父母的庇护与温暖；游走他乡的风景与梦幻；自我生命之河里的人和事，生和死。读来有一种特别的质朴与灵秀。质朴在于对生活的耐心叙述和朴素呈现，而灵秀在于一份女性的细腻与悲悯。所有这些感受的生成，我想首先在诗之于个人意义的亲密性，诗首先是照亮自己的生活并抒发出个人性的感叹，而最后又回到生活。也就是说经由诗发现了生活，生活变成了诗，但最终并不会停留在诗里面，用诗歌给自我造一间封闭的房子，而是再次回到生活。那么经由诗而重回生活意味着什么，我想恰恰如小雅自己的感叹，十年的读诗，写诗，编诗生涯。让她会有更加澄明与从容的心态理解生活并拥抱生活吧。

殷龙龙：很多年前，我和小雅是在北京认识的，那次在鼓楼馄饨侯餐厅，李飞骏和我联系，说：小雅来北京了，要见见面，你赶快出来吧，离你家不远。2016年我在常熟住了半年，和小雅他们一帮诗友经常聚。大侠张维每次举行大型活动都叫我去，好歹常熟并不大，朋友颇多；他们也愿意到我住的地方来，小雅忙里忙外一通张罗。酒和菜，摆到桌上，我们就山南海北聊至尽兴。陶醉、老鸟、陈虞、楚衣、圣贤、猫小七，听听这些名字，都带有酒气。

最近听小雅说她要出一本诗集，由衷替她高兴，写诗十多年，应该集一本给自己一个交代。诗歌满满的，在小雅的生命中一直占有重要的位置。

小雅写诗相当勤奋，并且韵味十足，从一些诗中可以看出来，她写香格里拉：

> 从一本书中跳出来，拦住我的去路
> 她说，她说，每上升一千米，就要给我补办一次婚礼

她写错误：

> 你常会找不到他们
> 比如，一本户口本，一张稿费单，或者一件秋衣
> 过一阵他们也许会出现，或，再也不见
> 就像人们一生中会错过的许多人

她写香樟树叶：

> 落叶在风中
> 跑着，跑着，就抱成团

《向日葵》一诗堪称佳品，我最早看过，且反复读过。她慢慢说起向日葵的金黄，从金黄说起贵重之物，说起亲情，她说到了夜晚，金黄也会孤独。我们惊讶地发现，原来诗人在说人的一生啊，辉煌的，潦草的，诡异的，就像诗句本身在活。

一些诗里有生活的点滴，有形而上的思想，她的文字，既是通灵的炉火，也是孤寂的寒霜，直面着诗歌的本质。可以察觉，小雅甘当前面提灯的人，已走过的路，尽管曲曲折折，心里早有风景，囊中早有收获。

余怒：邹小雅的诗描写的多是乡村情境，但其语言自然舒展，语速缓急适中，呈现多于言说，诗中常使用"你"或"他（她）"等人称来言事，以客观叙述来抑制主观抒怀，以求得情感的节制，这一点使其作品具有了一定的"现代性"——尽管它总是隐于言辞转折间。通过阅读这些作品，我们也许可以得出这样的结论：不论作者采用的是传统题材还是现代题材，服务于客观呈现的"节制"是指向"现代性"的一个标识，是对人类夸大自我能力（实质上是反自然的倾向）的一次很聪明的矫正。由此我认为她的写作是一种明智的写作，相对于那些向往回归农耕文明的写作者们来说。

邹汉民：因为诗文体的隐喻性，诗是诗人最好的自传。如果要观察一个人的一生，诗可以比日记更精准地反映一颗敏感的心灵。小雅写下另一个"她的小雅"的日常生活，另一个也就是同一个。在这个汉语的小雅身上，读者须得留意于诗人真诚的诗艺，而不可以单单停留在女性诗人的性别上。